D1675177

2

GLORIA GUARDIA

LA CARTA

CUENTO

LA CARTA, Managua: OAVSA, 2000

"Proyecto Piloto Fondo Editorial Asociación Noruega de Escritores (ANE), Centro Nicaragüense de Escritores (CNE) y Agencia para el Desarrollo (NORAD)

@ Gloria Guardia

Palabras de presentación en la contraportada, Dr. Julio Valle Castillo, del @Centro Nicaragüense de Escritores.

6

La carta

Cuento

"Polvo serán mas polvo
enamorado"
Francisco de Quevedo

*A la memoria de Ester y Benjamín,
mis abuelos maternos.*

10

Examinas cuidadosa, lentamente el sobre maltratado, salpicado por el barro de las trincheras, veteado por el descuido de unos dedos manchados. Lo ha traído un soldado sin nombre. Esa criatura de mirada de zorro y luceros de gato que amaneció hoy dando golpes al portón de la casa de tu hermana Josefa. Fijas con intensidad la mirada en el papel y reconoces, al rompe, los rasgos firmes, resistentes y alambicados a ratos que caracterizan la letra de quien ha dirigido la carta. Ya son más de doce los mensajes que él te ha escrito desde que se fuera a la guerra y de eso hace sesenta y ocho días exactos. De entonces acá, confiésalo, Ester, tú has retrocedido el reloj y morado en cada espacio de tiempo- no importa cuán breve haya sido -, que ha transcurrido desde que Benjamín Zeledón entrara en tu vida y desde que los labios de él y los tuyos se juntaran por última vez y tú sintieras el contacto helado con esos rebordes carnosos del rostro que has amado al delirio y aborrecido con la misma intensidad durante los demasiados abandonos y tantos desconsuelos que han sellado tú unión de ocho años con él.

Casi a tientas, buscas la daga de plata que una decena de finos dedos florentinos han coronado con la figura de un estilizado cuello de cisne. Tomas el estilete que siempre utilizas para rasgar cualquier pliego, folio, o envoltura que te llegue a las manos - y, así, temblorosa de pulso -, extraes la carta. La pausa que haces es, claro, inconsciente. Tus dudas son múltiples y siempre de pie, erguida y ligeramente turbada por el aleteo de pájaro herido que se ha precipitado en tu espacio interior, fijas los ojos buscando, acaso, ver escrito tu nombre de pila. Tu vista, sin embargo, se choca con el apelativo con que hace rato él te nombra y que tú, Ester, en silencio, aborreces: *Hijita*.

La mano de él, lo presientes, no ha titubeado un instante al escribir esa palabra que, al grabarse en tu alma, se te clava como lo que es: el suplicio de los finísimos alfileres de plata con que él te tortura. Si sólo dejara a un lado el acento peyorativo, esa forma de referirse a ti como si fueras la muñeca de rostro de virgen y talante de ángel en quien él fijó su mirada y por quien perdió la conciencia y, de paso, el balance aquella mañana de enero de hace diez años, cuando, de levita negra y cuello duro, estrenaba su nuevo oficio de profesor de Literatura y Gramática, de las tres señoritas Ramírez Jerez; de ti y tus hermanas menores, las hijas de Gerónimo, el médico extravagante, educado en París, y Ester del Pilar, sobrina carnal del legendario caudillo liberal del siglo pasado.

Te recoges la falda larga de lino blanco y encaje de Bruselas que han teñido con papelillo de seda color rosa-viejo y enjaretado con cinta de raso. Buscas la silla con asiento de mimbre, a semejanza de aquellas mecedoras que, cuando eras pequeña, tu abuelo Terencio solía encargar a Salzburgo. Haces un levísimo esfuerzo y acercas el sillón a la mesa redonda donde yace el quinqué: única fuente de luz que alumbra la estancia. Te sientas y acaricias la oscuridad con esos ojos grises, inmensos y bordeados por un par de pestañas onduladas, oscuras y espesas, que iluminan tu rostro. Repasas la mirada por cada rincón de esta extraña habitación, enchapada en acero, donde tu hermana Chepita y tu cuñado, el cónsul de Alemania, Herr Pentzke, han guardado, desde hace años, la cerveza que importan, en barriles, de Hamburgo y venden, al detal, en Managua y donde han decidido refugiarte, conjuntamente con tus cuatro hijos, desde que comenzara la guerra civil, a fines de julio pasado. Segundos más tarde, vuelves la vista, la fijas sobre el pliego que sostiene tu mano derecha y, en un principio, lees, Ester, sin grabar las palabras. Rozas levemente tu ceño con el índice de la mano derecha. Te frotas con ternura las sienes. Con el pañuelo de hilo blanco bordado, te limpias los labios largos, delgados y de un tono carmesí que no abunda en el trópico. Todo esto lo haces, quizá, para dilatar el instante porque sabes que debes concentrar la mente en la lectura de la carta que sostienes en este momento en tus manos y que presientes ha de ser decisiva en tu vida y, quién sabe, acaso determinante, también, para la historia de Nicaragua: Esa que Benjamín se afana en escribir con su temple de hierro.

"El destino cruel parece haber pactado con Chamorro y demás traidores para arrastrarme a un seguro desastre con los valientes que me quedan. Carecemos de todo: víveres, armas y municiones y rodeados de bocas de fuego como estamos, y más de 2,000 hombres listos al asalto, sería locura esperar otra cosa que la muerte, porque yo y los hombres que

me siguen, de corazón, no entendemos de pactos y menos aún de rendiciones."

Haces una pausa y percibes a tu marido. Lo ves frente a ti. Es un hombre, de cabello negro encrespado, ojos color caramelo, talla mediana, hombros fuertes y pisada de acero, que hoy, cuatro de octubre del novecientos doce, cumple treinta y tres años: la edad de Cristo cuando fue llevado al martirio. Benjamín sigue de pie, frente a ti. No te mira, no, sin embargo presientes el leve roce de su bigote en tus labios. Adviertes cómo te acaricia el mentón. Sientes el toque suyo en tu cuello. Lo divisas cuando camina hacia el rincón izquierdo de la habitación y escuchas la voz de él tan clara, sí, tan precisa, como cuando te hacía analizar, al hartazgo, el sentido de Libertad, la posición intelectual, el estilo literario de Larra. *"A ver,*

Estercita"- te susurraba al oído, cuando tus hermanas no estaban presentes -, *"repetíme con tus propias palabras el credo de Mariano José, el periodista español que tornó en huracanes los vientos de España."* Y, tú, obediente, porque ya para entonces habías descubierto cuán profundamente había penetrado Benjamín en tu vida, volvías sobre la frase aquella, memorizada a hurtadillas y a punta de tazas de café negro y paños de amoníaco en la frente: *"...tolerancia...y libertad de conciencia, libertad civil, igualdad completa ante la ley, igualdad que abra la puerta a los cargos públicos para los hombres todos, según su idoneidad y sin necesidad de otra aristocracia que la del talento, la virtud y el mérito."* Hacías entonces una pausa, ¿recuerdas? y él, enardecido al escuchar la frase impetuosa del otro en tus labios, te premiaba con un beso largo en la boca.

Ahora las palabras son de Benjamín. De nadie más. Ha llegado el momento de poner a prueba el ideario liberal que él predicara. Y, pese a la angustia que vives, descubres que he ahí la frase lúcida y, a la vez, contundente. La locución parca en la utilización de adjetivos. Tu marido, sí, el hombre que acaso en estos instantes ya se haya enfrentado a los yanquis o, acaba de refugiarse, tal vez, en una trinchera y que tú, alucinada, ves caminar lentamente hacia ese otro rincón de la alcoba, se limita, en la carta, a la afirmación de un hecho concreto: el juego infiel del destino. Lo describe, además, con la precisión de quien ha manejado con destreza y audacia su suerte y ha aceptado, estoico, las vicisitudes de ésta. Vuelves a leer la frase y, sabes, además, que la releerás tantas veces como años te depare la vida. El contenido es rotundo. Tú lo adviertes y sabes que te lo repetirás de aquí en adelante en silencio: un enunciado como ese no se escribe más de una vez en la vida.

Pones el pliego a un lado. Los ojos se te han cuajado de lágrimas. Y es que tú comprendes, Ester, que desde hace rato eres una mujer atrapada en el espejo de esta aventura vital que elegiste contra la recia voluntad de tu padre. Conocimiento exacto de la historia y la vida, eso y mucho más, comenzó a exigir de ti, Benjamín, cuando apenas habías cruzado el umbral de los quince y él comenzó a enamorarte. Ahora, tú y él viven el instante del fuego. Temes defraudarlo, escamotearle la única carta de triunfo que aún a él le queda. Debes lacrar con este gesto tu vida, así como la de los cuatro hijos de ambos.

Miras, sin mirar, esa carta. Te levantas de la mecedora vienesa, cruzas la habitación y buscas la presencia tierna de la criatura que yace dormida en la cuna de hierro forjado, y mosquitero de encaje de mar. A su lado reposa una diminuta muñeca de porcelana y, al costado derecho, una almohadilla de plumas de ganso. Extasiada, contemplas a tu hija que hoy cumple tres meses. Le tientas el pañal y aspiras el olor punzante a amoníaco. Hay que cambiar a la niña de ojos grises, y piel de seda que algunos afirman que es la réplica tuya. Debes asearla, untarle el cuerpo con el polvillo fino que elaboras con bicarbonato de sodio y acariciarla en tus brazos. Benjamín apenas conoce a su última hija. La abrazó por primera vez cuando regresó del exilio, a principios de julio. Acababas de dar a luz y él apareció, sin que siquiera soñaras que se le autorizaría para cruzar las fronteras y retornar al hogar.

Fue tu padre, Ester, don Gerónimo, quien logró que Emiliano Chamorro, el caudillo conservador y enemigo acérrimo de tu controvertible marido, diera la orden para que él regresara a tu lado tras más de ocho meses de exilio. Benjamín corrió a la habitación en puntillas, te acarició con sus labios y, ciñendo a la niña en sus brazos, la examinó bajo la claraboya del dormitorio amplio que tú y él comparten desde hace un poco más de ocho años: "De los cuatro hijos es la que más se te parece, Estercita", te dijo, con la certidumbre del que pronuncia una sentencia legal. ¿Y luego? Descubriste que tras aquel guiño de amor yacía, como en tantas otras instancias, la trampa mortal. No, Benjamín Zeledón no había venido ni a verte, ni a acunar a sus hijos. Una vez más, en él habían privado los ideales políticos, el amor a la patria, por encima del hogar y de ti, Estercita.

Devuelves, ahora, a la criatura a la cuna, y mientras posas tus labios en este cuerpecito de tu alma susurras el nombre con que lo has bautizado: Ester Ofelia. Y es que en la soledad que te inundó, durante el embarazo y el parto, inconscientemente, uniste el destino de tu hija y el tuyo al de la trágica protagonista de *Hamlet*. Fue un par de días después cuando, como un bólido, apareció tu marido en el umbral de la casa y, sin consultártelo, claro, inscribió a su hija con los nombres de Olga María Ester Ofelia. Y fue ese gesto unilateral de su padre, lo que marcó para siempre a la niña con el número cuatro. Nacida un cuatro de julio, a través de su vida ella ostentará cuatro nombres; el de pila, tendrá cuatro letras; casará con el cuarto vástago de una familia de ocho; las hijas de ambos nacerán en años múltiples del número cuatro; y ella hará mutis definitivo del mundo un día veinticuatro del único mes de cuatro letras- de mayo -, del año doble del cuarenta y cuatro, cuando ni tu marido, ni tú, ni los tres hermanos de ella, estén ya en esta vida. Sí, Ester, esta hija tuya, la cuarta y última que has de tener con Benjamín Zeledón habrá de encarnar por esas curiosas e indescifrables señales de la providencia o el hado, los cuatro puntos cardinales, el doblón, y el real de a cuatro y el cuatro de oros, mujer.

Vuelves tus pasos hacia la mecedora de mimbre y caoba. Mantienes, como siempre, la mirada fija en un rincón definido de la habitación adonde, ahora, te ocultas. Reparas en el desamparo de ésta. Aquí, a diferencia de tu casa, no hay sofá, ni sillas forradas de raso; ni mesas de roble; ni alfombras persas y chinas; ni camas con espaldares de bronce; ni cortinas de terciopelo rojo y encaje de punto. No, aquí hay un par de sillas, una mesa apenas, un reloj de péndula, un espejo, un armario, cinco catres de lona y la cuna donde duerme la niña. Te restriegas los ojos, buscas a tientas la carta, la encuentras y procuras, haciendo un titánico esfuerzo, continuar la lectura:

"Chamorro acaba de mandarme a tu papá para convencerme de que estoy perdido y de que mi única salvación está en que yo claudique, rindiéndome. Que Chamorro lo haya hecho se comprende porque estúpidamente me cree como él y, claro está, si él se viera en mi caso se correría como se ha corrido otras veces y vería que se le pagara bien en dinero y honores que es incapaz de conquistar de

otro modo."

Echas hacia atrás la cabeza, pones el pliego en la mesa, cierras los ojos, reclinas el cuello tenso sobre el respaldar de la silla: todo esto, Ester, porque sabes que debes contenerte y desviar, si es posible, tu atención que se ha fijado en el fuerte latir de tu pecho. De pronto, entreabres los ojos, atisbas el círculo de luz refulgente que arroja el quinqué y descubres que ésta puede ser y es, en efecto, el medio eficaz para darte la fuerza que debes tener para enfrentar tu presente y evocar tu pasado. Revives la figura de Emiliano Chamorro: la hechura de piernas cortas y tronco frágil, femenina casi, para quien no la conozca; el rostro, compacto, tal como si alguien se hubiera empeñado en grabarlo con cincel en esa nuez, en forma de pera, que es la semilla del marañón tropical, de sabor astringente y, a veces, también, repugnante. Evocas los ojos oscuros hundidos y perdidos ante la protuberancia de aquella nariz aguileña que por estrecha, corva y morena, más parece el pico de un ave de presa. La primera vez que posaste sobre él tu mirada lo confundiste, ¿recuerdas?, con un jornalero de las haciendas de tu familia materna. Y es que tú, Ester, altiva y, sobre todo, proclive a juzgar por las facciones y el color de la piel a los otros, no titubeaste un instante en espetarle un despectivo "*Aguarde, usted, con los peones,*" sin reparar en el hecho de que un hombre que lucía camisa blanca de hilo, chaqueta de dril, sombrero de jipijapa y calzaba botas de montar hechas de una pieza con la piel de un caballo, no podía ser, ni era tampoco, una persona cualquiera. Y bastó aquella frase, sí, mujer, aquella expresión de mal disimulado desprecio, para que Chamorro te cobrara desde ese momento un resentimiento sin treguas. Poco importó para el caudillo a caballo que tu padre te convocara inmediatamente al despacho y te exigiera que le presentaras tus rendidas excusas al jefe del partido en que él militaba. De nada valió que en una de las comidas que tus padres ofrecían de tanto en tanto en la casa, don Gerónimo te ubicara, en gesto de desagravio, a la izquierda de Emiliano, en la mesa. Los dados estaban echados y el primer mohín de arrogancia con que recibieras al tirano conservador aquella mañana de junio, no hizo sino exacerbarse cuando contrajiste nupcias con el joven jurista Benjamín Zeledón.

Ahora la suerte de tu marido, su vida, cuelga de un hilo; depende del capricho y la disposición de

Chamorro. Es más, en la mente de este hombre, vengativo y cobarde, debe perdurar, sobre todo, la escena aquella, tenaz, cuando, tras haber sido derrotado por Benjamín en la batalla de Tisma, intentó evadirse disfrazado con el rebozo y la camándula, de las mujeres del campo. No hay enemigo pequeño. Esto, tú, hace rato lo sabes. Y con el correr de los años, confirmarás, una y otra vez, la mezquindad y el rencor de Emiliano. Dentro de una veintena de meses, tu pecho habrá de abrasarse de ira cuando él subscriba - a cambio de un puñado de dólares -, el Convenio *Bryan-Chamorro*, con el fin de entregar a los Estados Unidos de América la soberanía de este pedazo de tierra por el que hoy, cuatro de octubre, lucha hasta la heroicidad tu marido. Y, dentro de trece años, la misma indignación habrá de apoderarse de ti cuando el caudillo conservador, codicioso siempre de honores, intente asumir otra vez el poder, tras un deplorable golpe de Estado.

Aprietas los dientes. Tenías diecisiete apenas cumplidos, cuando tú y Benjamín, violando la disposición de tu padre, casaron un quince de agosto y él te llevó directamente a la casa que había hecho construir para ti. De ahí en adelante, se encendió, fulgurante, la estrella política que habría de guiar los pasos de tu marido hasta llevarlo, en menos de ocho años, de juez a ministro de Estado, de embajador a general y estratega y, luego, ¿cómo olvidarlo?, inclemente, al destierro. Te llevas, inconscientemente, el pañuelo a la frente y con la yema del medio de la mano derecha recorres lentamente tus labios largos, delgados. En un santiamén desfilan en tu mente los bailes, los paseos en coche, las veladas desde un palco, en el teatro... Y sin desearlo quizá, aquello se entrelaza con los besos, las caricias, el cuerpo de Benjamín contra el tuyo cuando, en noches de luna, yacían bajo el esplendor, entre azulado, albo y dorado, que se filtraba por el tragaluz de la alcoba y él te juraba y ofrendaba su amor a raudales. Y tú, criatura de aire y encaje, bebías de aquella fuente de pasión desbordante, sin imaginarte, tal vez, que un meteoro como él, 'aéreo como los vientos, acuoso como la lluvia, luminoso como el arco iris, eléctrico como el rayo y el fuego,' era imposible que perdurara en el tiempo.

Benjamín te lo dice, ahora, explícitamente en la carta: él y sus hombres se hallan rodeados de más de dos mil bocas de fuego. Las tropas conservadoras y las de los Estados Unidos los tienen cercados. Sólo un cambio inesperado de suerte podrá rescatarlos. Sin embargo en tu marido prevalece una vez más el hombre de honor, el patriota idealista. Vuelves a erguirte, de frente a la mesa donde yace el quinqué. Lentamente, recoges el pliego, te lo acercas al pecho y, como en ocasión anterior, te lo llevas titubeante a los ojos, como si esa cercanía con el papel que ha pasado por el toque fugaz de la mano de él fuera capaz de devolverte la serenidad que has perdido. No, no puedes, es inútil, Ester, evadir el instante y, jadeante, te repites, como quien reza un rosario de quince misterios: *"la suerte está echada."* Y, así, presa de la fiebre que exuda tu angustia, lees en voz alta; no, más bien, balbuceas, el próximo párrafo:

"Tu papá agotó los razonamientos que su cariño y su claro talento le sugirieron. Me habló del

deber que tengo de conservar mi vida para proteger la tuya y la de nuestros hijos, esos pedazos de mi corazón para quienes quiero legar una Nicaragua libre y soberana; pero no pudimos entendernos porque mientras que él pensaba en la familia, yo pensaba en la Patria: es decir, LA MADRE de todos los nicaragüenses. Y como él insistiera, le dije al despedirnos que, desde que lancé el grito de rebelión contra los invasores y contra quienes los trajeran, no pensé más en mi familia, sólo pensé en mi causa y mi bandera, porque es deber de todos luchar hasta la muerte por la Libertad y Soberanía de su país."

La severidad de la última frase se te ha clavado como una daga en el pecho y los ojos se te han nublado de llanto. Más que el dolor, la ira es lo que en este momento te invade y buscando acaso dar a esas palabras una interpretación más humana vuelves, anhelante, sobre ellas: "*... pero no pudimos entendernos porque mientras que él pensaba en la familia, yo pensaba en la Patria: es decir, LA MADRE de todos los nicaragüenses. Y como él insistiera, le dije al despedirnos que, desde que lancé el grito de rebelión contra los invasores y contra quienes los trajeran, no pensé más en mi familia, sólo pensé en mi causa y mi bandera, porque es deber de todos luchar hasta la muerte por la Libertad y Soberanía de su país...*"

"*Hombres como Benjamín no deben casarse, ni tener familia jamás*", te repites, inmersa en la marea de oscuro despecho que, de pronto, te invade. Dudas, sí, Ester, vacilas, te acobardas, flaqueas. Sientes una presión en el tórax, un resentimiento tan hondo, que te impide razonar con cordura. ¿Estás, o no, dispuesta a pagar un precio tan alto por preservar la soberanía y libertad de tu patria, LA MADRE de todos los nicaragüenses, tal como la llama tú esposo? La crianza de cuatro hijos huérfanos y una viudez cuando aún no has cumplido veinticinco años es un calvario demasiado severo para quien, como tú, ha nacido a los mejores frutos que la vida, a veces, ofrece.

Sientes la pastosa humedad del sudor que te recorre las sienes. La transpiración es tal que se te escurre por cada mejilla; te salpica el cuello y te cala el corpiño. La tensión que vives se ha exacerbado con el calor de la alcoba, donde estás refugiada y a esta hora resulta asfixiante. Vuelves sobre la frase *"No pensé más en mi familia..."* Y ésa, al multiplicarla una y otra vez en tus labios, te golpea, te lacera, te hace pedazos y caes, de pronto, en la cuenta de que hace rato no oyes el parloteo cadencioso de tus hijos mayores. Con la mirada cruzas lentamente la estancia. Benjamincito y Victoria deben haber salido con Manuela, la noble mujer que te ha acompañado desde que llegaste, de novia, a tu casa. Es probable que los niños, inocentes de la decisión y posible suerte del padre, jueguen en estos instantes con sus primos hermanos: los hijos de tu hermana Josefa. El otro, Marco Aurelio, gatea sobre una estera que tú misma colocaste a pocos pies de la mecedora de mimbre donde te hallas sentada. Te llevas la mano izquierda a la frente y la guías, sin advertirlo, a tu pecho donde sientes el palpitar de tu corazón, agitado.

Fue apenas ayer- al menos así te parece -, cuando, seducida por la presencia y el verbo impetuoso de Benjamín Zeledón, tomaste la decisión de rebelarte contra la voluntad de tu padre y casarte con él en una ceremonia donde no acudió nadie, ni siquiera los miembros de tu familia inmediata. Más tarde supiste que el doctor Ramírez había declarado en la mesa que tú habías muerto. *"Se le rezará el novenario de misas y se abrirá, en el salón, el libro de pésames"*- enfatizó tu padre, sin levantar siquiera una ceja. Y, acostumbrados como estaban tu madre y hermanos a acatar las extravagancias e idiosincrasias de este hombre tan inflexible en su trato, como imaginativo mecenas del poeta Darío, no hubo más que decir: la aún adolescente Ester Ramírez Jerez había fallecido, sin conocerse la causa médica de tal desenlace. Y, de ahí en adelante, la que habría de brillar en los banquetes, recepciones y veladas danzantes del presidente liberal, José Santos Zelaya, sería esa joven señora, de notable donaire y belleza llamada, a secas, Ester Zeledón.

¿Cuándo, cómo y por qué se reconcilió don Gerónimo contigo y su yerno? Con el pañuelo de hilo, te secas las lágrimas. Tratas de recobrar el temple perdido y te inclinas hacia el menor de tus hijos varones, quien se ha deslizado lentamente hacia ti. Fijas en él la mirada: tiene la palidez de su padre, la misma nariz afilada, los ojos color caramelo, los labios carnosos, el mentón pronunciado. *"Cuatro hijos"*- repites -, *"un naipe de cuatro señales o, acaso, los ases: el de oro, copa, basto y espada"*. Ese es el fruto visible de tu unión de ocho años con este hombre de treinta y tres años que, en estos instantes, se juega la vida por veneración a la patria. Clavas los ojos en el reloj de péndola que tu hermana Josefa ha hecho instalar en el cuarto desde que te asiló ahí con tus hijos. La batalla contra las huestes invasoras, si es que ya se haya dado, tal como se rumora desde ayer en Managua, tiene que haber acabado, a estas alturas. Inmóvil, cierras los ojos y, en una fracción de segundo visualizas a aquellos valientes. Te imaginas la escena. Los ves en *El Coyotepe*," el cerro donde han padecido la última resistencia al asedio de tropas traidoras. Y fija tu mente en aquel escenario de hombres escuálidos, hambrientos, marchitos, abres los ojos y, una vez más, como si fuera en un sueño, ahí está él, Benjamín, el hombre que te ha hecho vivir una pasión de múltiples visos que registra el frenesí y la ira, la ternura, los celos y también el despecho. Y, en medio de esta zozobra y silencio de hielo que vives, descubres que el fuego de amor es la fuerza que, en estos instantes, te arrastra, te impulsa a un nuevo pico o a un abismo, tal vez, de donde, tú, mujer, enloquecida como ahora te hallas, reconoces que ya no puedes tampoco escapar.

Poco o nada se pudo imaginar tu padre esta escena, ¿no es cierto?, cuando, en un arranque de orgullo, les cerró a Benjamín y a ti rotundamente las puertas. Es más, estás casi segura, mujer, de que al viejo no se le cruzó por la mente siquiera que un día a él- conservador hasta lo más profundo de su ser moral y político -, le tocaría doblegarse ante un liberal, al rogarle a tu esposo que sacrificara a la patria en aras de ti y de tus hijos. La vida y, de paso, la historia tienen demasiados juegos cambiantes y, con los años, tú has ido profundizando en algunos, rechazando otros muchos y, a veces, sólo a veces, ajustándote a nuevos, Ester.

Te pasas la mano por los cabellos castaños, recorres con el índice tu ceño crispado, escurres el dedo hacia tu nariz aguileña y lo detienes un segundo sobre el párpado de tus ojos de almendra. Todo en un afán inconsciente por arrancarte la máscara; por volver a ese rostro que fuera tan tuyo y exquisitamente moldeado en una arcilla de siglos. Eso es, mujer, hoy buscas- sin reconocerlo, quizá -, recobrar el mundo que reflejaba tu faz y que se quebró en mil pedazos cuando asumiste, en un grito de guerra, tu liberación y soberanía frente a la áspera pretensión de tu padre. Levantas la vista. Son dos caballos los que ahora cabalgan, retozan, cabriolan y te hostigan la mente. En uno blanco, de silla, ves a Gerónimo. En el otro, un alazán aguililla, está Benjamín. Ambos se inclinan, te extienden la mano, te besan la frente. Tu padre- de eso hace más de cinco años -, ha venido a reconciliarse contigo y trae, encajados en la hermosa montura de cuero, a tus dos hijos mayores. Benjamín, tal como lo viste la última vez, luce talante de guerra. Intenta despedirse de ti, sin ocultar la vehemencia que habita en su pecho y que raya casi en violencia. Busca tus labios. Te acaricia el mentón con el suyo. Apela a tu nobleza, a tu abnegación como compañera y esposa. Solicita tu valor espartano para que empuñes con él la bandera de los libres patriotas que luchan contra los invasores y contra quienes los trajeron para eterno baldón suyo y vergüenza de todos los ciudadanos de este país. Y, de pronto, con el sabor helado de su boca en la tuya, te sientes perdida y te descubres envuelta en una nube de polvo. Benjamín se ha esfumado en su brioso corcel, se ha enlazado a las sombras con la velocidad del relámpago.

Cuando te levantes del sillón austríaco que mece tu angustia, habrás dejado a un lado momentáneamente la carta. Habrás tomado en tus brazos a Olga María. Te habrás recostado en uno de los catres de lona. Te habrás abierto ese pecho tuyo tan fértil. Le habrás dado de mamar a la niña. Y habrás repasado detalladamente la escena de hace cuatro años, cuando Benjamín y Gerónimo se abrazaron frente a la cárcel, donde José Santos Zelaya había recluido a tu padre a causa de serias querellas políticas, y de donde tu marido logró por amor a ti liberarlo. Equilibradas, a través tuyo, las cargas originarias del resentimiento o el odio, fue así cómo el padre y el yerno pudieron al fin entenderse y, más tarde, deslumbrarse mutuamente con su fino talento. Sin embargo, esto o aquello te parece hoy lejano e inútil. El tiempo ha corrido demasiado veloz, y eso-animosidades, juramentos, reconciliaciones y acuerdos -, que una vez creíste de vital importancia, se ha deshecho en el aire frente a este otro plazo letal que ningún calendario ni péndulo es capaz de medir.

Devuelves a Olga María a su cuna y lentamente diriges tus pasos hacia el la mecedora y la mesa. Poco parece haber cambiado en los últimos doce minutos. Marco Aurelio te clava de vez en cuando los ojos y gatea, sin norte, en la estera. El calor resulta igualmente asfixiante. El pálido fulgor del quinqué apenas alumbra la estancia. La carta te aguarda, inclemente. *"Si sólo pudiera retrasar su lectura,"* te repites, atormentada, entre dientes. *"Si sólo hubiera podido retener a mi marido en mis brazos"*. Nada, absolutamente nada, tiene sentido. Y así lo confirmas en el preciso momento en que, de los cinco dedos finos de tu mano derecha, se te escurre la carta. Así es: pasado, presente y futuro juegan contigo en la mente y el leve siseo del pliego, al deslizarse hasta el piso, ha bastado para romper en ti la secuencia de pensamientos e imágenes. ¿Qué no darías por darle la espalda al destino y triturar con un cuchillo filoso esta página que se empeña en escribir Benjamín?

"No me hago ilusiones: al rechazar las humillantes ofertas que me hicieran, firmé mi sentencia de muerte. Pero si tal cosa sucede, moriré tranquilo porque cada gota de mi sangre derramada en defensa de mi Patria y de su Libertad, dará vida a

cien nicaragüenses que, como yo, protesten a balazos

contra el atropello y la traición de que es actualmente

víctima nuestra hermosa, pero infortunada,

Nicaragua."

Vuelves a erguirte para dar unos pasos alrededor de la alcoba. El calor es denso y pastoso y el silencio que te rodea es de muerte.

Manuela ha entrado sigilosamente a la estancia, ha acogido a Marco Aurelio en sus brazos, se detiene un instante, te observa y cae en la cuenta de que tu silueta esbelta se ha doblegado con el pasar de las horas. Tú y ella se miran y no dicen nada. Entonces, bajas la vista, te contemplas los pies y percibes que los tobillos los tienes ligeramente inflamados. A través de los años, este mal se te irá acentuando y, ya en la vejez, tendrás que asumir, de tanto en tanto, una postura yacente con el fin de remediar la dolencia que apenas ahora se inicia. En esa época, te verás forzada a permanecer en el lecho durante un lapso cada vez más extenso de tiempo. Y será, curiosamente, en ocasiones como esas, con la nuca apoyada contra una almohada de plumas de ganso, cuando se encenderá en ti, una y otra vez, este instante cuando- a los veinticinco años, aún no cumplidos, y con la mirada fija en un diminuto rayo de luz que se filtraba por debajo de esta extraña alcoba forrada en acero -, tuviste la clara certeza de que para ti los hechos históricos habían perdido ya su significado concreto. Y es que fue hoy, cuatro de octubre del novecientos doce, cuando tú, Ester, descubriste que las revoluciones, las guerras civiles y la anarquía tenían, en Nicaragua, otro significado mucho más doloroso. Éstas eran la suma del sino trágico que ha alumbrado siempre a esta tierra habitada por soñadores y poetas. Y fue en este día, también, cuando se te manifestó, con la fuerza del trueno, que la avidez de Gran Bretaña y los Estados Unidos por tomar posesión de un país de la importancia estratégica que es Nicaragua, ha sido desproporcionada en el tiempo. Y cómo la angustia que se fue abriendo como una flor en tu pecho, a medida que leías la carta, te transformó por completo, te hizo medir pasiones y engaños a la luz de otra lumbre. Es más, fue este cuatro de octubre cuando evaluaste por primera vez, y dentro del contexto de la intervención extrajera, el conflicto libero-conservador y el papel que éste ha jugado en la definición del rostro de las dos principales ciudades de este país- León, liberal, en su esencia y Granada, conservadora hasta su mera substancia. Sí, fue aquí, en Managua, la ciudad capital donde hoy te debates, donde fuiste capaz de quitarle el velo al paisaje y reconociste que estos volcanes y lagos han marcado, también, desde siempre, el alma apasionada y el carácter intrépido de hombres como tu marido que han rechazado humillantes pactos y deshonrosas ofertas por parte de los criollos aliados a la potencias foráneas. Es verdad que esto ha sido desde siempre un grafito en la pared de la historia. Acaso, por eso, la insurrección frente a la fuerza invasora sea la epopeya de los nicaragüenses que rehúsan el oro y los falsos honores.

Pocos como Benjamín para haber sopesado con tal precisión el drama de este país; y nadie como él para conocer el sentido exacto de la firma de una sentencia de muerte. No en balde, Ester, has estado a su lado en los últimos años y recuerdas el instante preciso cuando él optó por enfrentarse con la evidencia jurídica a la codicia de los Estados Unidos; y cuando reconoció que la supuesta reacción del Secretario de Estado, Philander Knox, al ajusticiamiento en 1909 de dos mercenarios, era una patraña y una manera, la más burda quizá, de cercar y cercenar a este pueblo. Y en muchas otras vigilias como ésta, te repetirás a ti misma, mujer, que Benjamín fue, desde muy joven, un hombre de fino olfato político. Él supo, por ejemplo- y así te lo aseguró un mediodía de diciembre de hace dos años- que el gesto del presidente liberal José Santos Zelaya- su renuncia a la jefatura de Estado, así como la designación por el Congreso, de José Madrid -, podían quedarse en nada más que eso: en un guiño dramático que daría pie para que los conservadores sellaran pactos- como fueron los *Dawson*-, que abrirían, de par en par, las puertas a la injerencia política y económica por parte de los Estados Unidos. Por eso, era casi de esperarse lo que vino después: el derrocamiento de Madrid por parte de Estrada, la presidencia de Adolfo Díaz- del títere incondicional de Chamorro y también de los yanquis -, y la sublevación, en julio pasado, del general Luis Mena y de tu marido contra el gobierno que había buscado el ultraje del poder invasor. Es cierto que esta acción suya te sorprendió, al punto de haberte sentido traicionada en tu condición de esposa y mujer. Pero con los años, en tu fuero interno, habrás de reconocer, también, que con tu marido, se trató inevitablemente de actos legítimos.

Con la vigilia y el ayuno que has guardado desde que recibiste y lees la carta, se te ha ido agudizando el olfato y también el oído. De ahí que seas capaz de percatarte, ahora, del leve olor a humedad que invade la estancia y de escuchar las voces de tus hijos mayores que se filtran a través de la puerta que separa tu escondite, del hogar de tu hermana Josefa. Ellos ya deben haber almorzado. A lo mejor, han comido embutido y chuletas de cerdo, tocineta y *sauerkraut*: ese plato que mucho le gusta a Herr Pentzke. Es muy probable, también, que los niños, en unión de sus primos-hermanos, hayan fabricado, con las migas, pequeñas bolas de pan y que se hayan dirigido a la fuente para echárselas a los renacuajos con que tanto les gusta jugar.

Tu mente no está para cavilaciones como estas. La desesperación y la cólera te tienen completamente atrapada, te han descentrado y han hecho saltar en mil pedazos el tiempo. Y aunque mires el reloj, aunque grabes la hora que éste marca, inclemente, la tuya es otra medida que te impulsa a actuar en contra de todo lo que has aprendido e internalizado en tu intelecto y espíritu. Algo mucho más fuerte que tu crianza severa te impele a rastrear, como loca y a tientas, el arma de fuego, que yace en el fondo de la única maleta que has llevado contigo a este escondrijo, amparado bajo el pabellón alemán. Es una *Walter*. Observas la cacha de madreperla, la tientas, la acaricias con la mano derecha y evocas la escena de hace cinco años cuando Benjamín te la obsequiara a raíz del nacimiento de la segunda hija de ambos, Victoria, y de que él saliera triunfante de la batalla de Namasigüe. Desde esa ocasión tú, Ester, has llevado la pistola en el bolso y estás consciente, también, de que como esposa de él, tendrás que portarla perennemente contigo.

Revólver en mano, te arrastras hasta la mecedora que aguarda tu presencia en silencio. Extenuada, te echas sobre el asiento de mimbre, te llevas el arma de fuego a los labios y el frío de ésta te apresa y hace evocar por enésima vez aquel gusto a hielo que Benjamín llevaba clavado cuando te besó por última vez. Y, Ester, no te sorprendas, no, cómo, con la pistola aún en los labios, retomas la carta e, invocando toda la calma de que eres capaz en estos momentos, relees la frase: *"al rechazar las...ofertas...firmé mi sentencia de muerte; pero si tal cosa sucede moriré tranquilo porque cada gota de mi sangre derramada en defensa de mi Patria y de su Libertad, dará vida a cien nicaragüenses..."*

Lo de Zeledón, te repites, es un acto de esos

con que se escribe la historia en letras mayúsculas. Nadie, sin embargo, ha pensado en la bravura que, hoy, se requiere de ti y, mañana, también se exigirá de tus hijos. Tiemblas de ira y despecho, mujer. Sabes, de sobra, que un balazo en la boca bastaría para acabar con la pesadumbre que la frase de tu marido te ha arrojado a la cara. Estás al tanto, también, de que las horas de Benjamín están probablemente contadas y que tú podrías detener o manchar la hazaña de él con tu sangre. De esa manera, no sólo escaparías del sino trágico que sobre tu cabeza se yergue, sino que Nicaragua y los partidos políticos tendrían que darle otra lectura a su gesta. Te detienes, no obstante. Con la celeridad del rayo has medido tu responsabilidad hacia los hijos y has precisado tu deber como madre. Pero admítelo, Ester, secretamente maldices la conducta a la que tu marido se halla abocado y las veces cuando él te ha forzado a caminar sobre el filo del tiempo, a causa de sus ideales políticos, de su intrépido modo de ser.

Víctima de la lacerante fatalidad de tu suerte, optas por dejar a un lado el revólver. Y pese al desconsuelo que sufres y al rechazo que te despierta Benjamín, en estos instantes, experimentas cierta nostalgia del olor de su cuerpo, del timbre de su voz, del toque de su mano en tu piel, del ruido de sus pasos decididos, pujantes, cuando llegaba al caserón de tus padres. Lo esperabas ansiosa. Lo aguardabas, con el corazón en un hilo, cuando él aparecía en aquella mansión antigua, de las que quedan ya pocas en la ciudad de León, en donde el patio central, rodeado de limoneros y perfumado de geranios, jazmines y azahares en flor marcaba el aliento y el tono altivo y donoso de toda una casta y también de una época.

Benjamín, ¡qué tormento te causa revivir aquellas escenas!, llegaba, puntual; puntual, dictaba su cátedra; y, puntual, te tomaba la mano derecha cuando tus hermanas, Josefa y Luisita, salían de la sala de clase. Luego, haciendo un impulso, te ceñía fuertemente el corpiño y te acercaba, con gesto decidido, a su boca. Era el suyo entonces, ¿recuerdas?, un rostro casi dulce, casi tímido, de palidez profunda, cuya mirada se perdía en lo más hondo de tus luceros inmensos, a medida que sus labios se abrían, apenas, para balbucear una estrofa de Zorrilla o una rima de Bécquer; o, se cerraban, tal vez, para acariciarte la nuca, rozar tus mejillas, besar tu mirada gris, del tono exacto del cielo en los atardeceres lluviosos de julio.

Ahora tus dedos alargados de uñas estrechas

repasan pausadamente tu talle, se detienen durante una fracción de segundo en la punta de tus senos erectos, se fijan en el relicario de oro que cuelga de tu pálido cuello alargado. Y tú, Ester, aprovechas este breve alto en el drama que vives para aspirar el aire huidizo, fugado de los vientos brutales que llegan desde *"El Coyotepe"* esta tarde desolada de octubre.

Es menester que retomes la carta, mujer. Estremecida, lo haces y experimentas la sensación de que un mohín se te ha dibujado en el rostro. Se trata- y tú lo sabes muy bien -, de un gesto inconsciente que Manuela, siempre pendiente de ti, ha atajado entre el arco de sus cejas tupidas. Azorada, bajas la vista y tus ojos se clavan en los rasgos ya no tan firmes, en la grafía alterada, de Benjamín Zeledón.

"Si el yanqui a quien quiero arrojar del país

me vence en la lucha decisiva que se aproxima y milagrosamente quedo con vida, te prometo que nos marcharemos fuera, porque jamás podría tolerar ni menos acostumbrarme a la humillación y la vergüenza de un interventor. Si muero...moriré en mi lugar por mi Patria...No llores, no te aflijas, porque en espíritu te acompañaré siempre y porque mis buenos y leales amigos, en lo particular, y el Partido Liberal, en general, quedan allí para ayudarlos y protegerlos como yo lo haría si pudiera. Si en estos momentos no tuviera esa consoladora confianza moriría desesperado, porque si la Patria tiene derecho a mi vida, mi esposa y mis hijos tienen derecho a la protección de ella."

Relees el párrafo y ha bastado esa frase que tu dedo señala para que el llanto te saltara con la destreza del jaguar a los ojos y es esa fuerza felina, la que en estos instantes te desgarra, mujer. Así, sin que tú lo desees, tu cabeza se ha inclinado, primero, se ha doblado, después, hasta caer, sin fuerzas, sobre tus dos antebrazos. Tus puños se cierran y tus gemidos invaden la estancia. Manuela está estupefacta. Es la primera vez, en los ocho años que lleva contigo, que te ha escuchado un sollozo; que te ha visto con la cabeza hundida en los hombros delgados. Y es que, desde muy joven, te has caracterizado por tu orgullo, mujer, por tus prejuicios de casta: esos que te han impedido mostrar otro gesto que no sea la inmutabilidad que todos han contemplado clavada en tu rostro.

Manuela se acerca, te observa y está tentada a acariciar tu cabeza. Pero algo mucho más fuerte que la lástima que la imagen tuya, quebrada, le inspira, que la hace desandar los pasos que ha dado y acercarse, en vez, a la cuna donde Olga dormita. La toma en sus brazos y la arrulla, volcando sobre ella su inmensa ternura.

El grito que se ahoga en tu pecho, que te recorre el cuerpo, como antes lo hicieran los labios de él en las noches de luna, es porque has caído en la cuenta de que Benjamín te ha traicionado en las fibras más íntimas, en tus zonas sagradas, mujer, burlándose de tu proeza de amante, de tu entrega de esposa, de tu compromiso de madre. Y, acaso, lo más doloroso sea que en esta iconografía que eres de dolor y de cólera, ya estás al tanto de que la deserción de Benjamín Zeledón has de llevarla incrustada para siempre en el alma. Él y su gesta han invadido definitivamente tu vida. Ya eres, mujer, territorio ocupado. Para ti no habrá banderas, ni exilios, ni fugas posibles. Tu novio, tu amante, tu esposo ha aniquilado en ti la confianza y también la esperanza.

Agotada como estás, das unos pasos, vas al armario, buscas una veladora y la enciendes. El reloj de péndula da la hora: son las tres de la tarde. Es el instante del Crucificado y de la Dolorosa, también. Te llevas la mano derecha al dije de oro que cuelga de tu altivo cuello de cisne y roza sensualmente tus senos, desbordantes de leche materna. Luego, te acercas de nuevo a la mesa y te aferras con vehemencia a la carta. Has decidido leer el último párrafo fuera de las paredes ajenas que encubren tu pena; a la luz del sol que enciende los tejados amargos de la ciudad de Managua:

"Y como, rechazada la oferta de Chamorro no

queda otro camino que arreglar el asunto por medio de las armas, dejo al Destino la terminación de esta carta que escribo con el alma, mandándote con ella todo el amor de que es capaz quien por Amor a su Patria está dispuesto a sacrificarse y sacrificarte y a nuestros hijos, también."

"Adiós...o hasta la vista...El tiempo dirá..."

Tus ojos se han quedado inmóviles ante la firma de quien tanto has amado y, acéptalo, Ester, te ha amado a su modo hasta la propia locura. Tus oídos se han quedado fijos ante el eco de una voz de mujer que ha gritado en la calle: "*¡Han ahorcado a Zeledón y arrastran su cadáver en una carreta!*"

Das unos pasos. Perturbada, escuchas un ruido, a lo lejos, que suena como una matraca. Vuelves a refugiarte en la estancia. Cierras la puerta. Tomas el

64

rosario de tu madre en las manos y escurres sus cuentas de plata entre tus dedos de lirios de invierno. Te hincas. Sólo Manuela y las paredes forradas herméticamente en acero captan el eco del *"Padre nuestro que estás en el cielo..."* que se ha resbalado, fugaz, de tus labios que lucen, Dios mío, tan magros, tan mustios, tan blancos, nevados.

Santafé de Bogotá

4 de abril, 1997

Printed in Poland
by Amazon Fulfillment
Poland Sp. z o.o., Wrocław

93264877R00038